José Santos Jô Oliveira

MATINTA PEREIRA

Copyright © José Santos, 2024

Copyright © Jô Oliveira, 2024

TÍTULO: **Matinta Pereira**

PUBLISHER: José Carlos de Souza Júnior

OPERAÇÕES: Andréa Modanez

CAPA E DIAGRAMAÇÃO: Flavio Franceschini

Dados internacionais de Catalogação na Publicação (CIP)
(Câmara Brasileirado Livro, SP, Brasil)

Santos, José
　　Matintapereira / José Santos ;
　　ilustrações de Jô Oliveira. -- São Paulo :
　　Tapioquinha, 2024.

　　ISBN 978-85-68843-17-8

　　1. Folclore - Brasil - Literatura infantojuvenil
I. Oliveira, Jô. II. Título.

22-207776　　　　　　　　　　　　　　　　CDD-028.5

Índices para catálogo sistemático:
1. Cordel : Literatura infantil 028.5
2. Cordel : Literatura infantojuvenil 028.5

Tábata Alves da Silva - Bibliotecária - CRB-8/9253

ᴘIONEIRA

2024
Todos os direitos desta edição reservados à

Pioneira Editorial Ltda.
Estrada do Capuava, 1325 Box M
CEP 06713-630 - Cotia - SP - Brasil

contatoeditorial@pioneiraeditorial.com.br

APRESENTAÇÃO

Matintapereira talvez seja o mito brasileiro mais difícil de ser definido, tantas são as suas formas e atribuições. Em texto datado de 1887, o escritor paraense José Veríssimo assim o descreve:

> O Matin-taperê é um tapuinho, de uma perna só, que não evacua nem urina, sujeito a uma horrível velha, a quem acompanha às noites de porta em porta, a pedir tabaco. A influência estrangeira, e sem dúvida a portuguesa, pôs-lhe na cabeça um barrete vermelho e confundiu-se com os "pesadelos" da grande corrente mitológica indo-germânica, representando como tal. Quem na luta noturna arrancar-lhe o barrete terá conquistado a felicidade.[1]

Não é, como se pode perceber, a imagem hoje universalmente difundida de Matinta, descrita como uma velha que assombra aqueles que lhe negam tabaco e comida. A definição de Veríssimo se encaixaria melhor em outro personagem do imaginário brasileiro: o Saci. Por outro lado, Matin-toperê acompanha uma velha horrível, que, ainda segundo Veríssimo, canta uma triste cantiga: "Matinta Pereira/ Papa-terra já morreu;/ Quem lhe governa sou eu". O nome adulterado na cantiga é o que sobreviveu na mentalidade supersticiosa dos que temem a assombração noturna. E a velha, de companheira do duende das matas, passou a ser sua representação mais comum. Sabe-se que, figurada em ave, é a peitica (*tapera naevia*), também conhecida por "sem-fim", assimilada ainda, veja só, ao Saci-Pererê. No entanto, para grupos indígenas, como os Mundurucus, a Matinta representava a visita da alma dos mortos.

A origem do nome é complexa, mas Teodoro Sampaio o traduz por "pequeno demônio das ruínas"[2]. "Tapera é uma aldeia abandonada de que ficam algumas ruínas"[3] e mata, na língua tupi, designa, segundo Câmara Cascudo, algo grande, ao passo que *mati* pode ser traduzido por "coisa pequena". Tapereira é o habitante da tapera.

A forma aportuguesada, Matintapereira, e a sua transformação em ave noturna, como a coruja, voltando ao normal na madrugada, deixam claro que o mito se confunde com a bruxa europeia[4]. Como se dá a evolução do pequeno duende para uma velha é um mistério, mas a influência estrangeira, com a superstição de rotular as mulheres velhas que moravam em lugares retirados como bruxas, parece ter sido crucial. No cordel escrito por José Santos, a Matinta aparece em seu estágio final, numa mistura bem brasileira, nem boa nem má, como a Baba Iaga dos contos populares da Rússia, símbolo da natureza concebida pelos nossos antepassados.

Marco Haurélio

---

1 José Veríssimo, população indígena da Amazônia, revista do *Instituto Histórico Brasileiro*, Rio de Janeiro, 1887. Citado por Luís da Câmara Cascudo, *Geografia das mitos brasileiros* (Global, 2002), p. 321.

2 Citado por Luís da câmara Cascudo, *Geografia dos mitos brasileiros*, p. 323.

3 Idem.

4 A grafia dicionarizada Matintapereira (ou Matintaperera) foi utilizada pelo autor José Santos. A forma já aparece no *Dicionário do folclore brasileiro* (INL/MEC, 1962), de Câmara Cascudo. Há, no entanto, outros textos em que *Matinta* aparece como nome e, em consequência, *Pereira* torna-se sobrenome, graças aos novos elementos incorporados ao mito.

Dizem que uma senhora
De sobrenome Pereira
Faz coisas misteriosas,
Parece ser feiticeira.
E pode até virar bicho
Nas noites de sexta-feira.

Ela é muito conhecida
Lá nas bandas do Pará.
No Amazonas, no Acre
A lenda também está,
Correndo de boca em boca,
Em todo lugar que há.

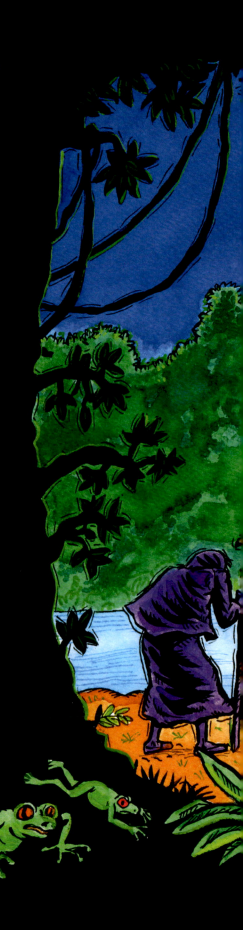

Como muitos nordestinos
Na Amazônia trabalharam
Seus mitos e assombrações
Para a mata transportaram,
E das terras nordestinas
As Matintas **arribaram**.

Dizem que é uma velha
Com poderosa magia
De virar estranha ave
Quando a noite se inicia.
Nem gosto de falar muito,
Pois a pele se arrepia...

Dizem que usa vestidos
De tecido arroxeado.
Dentes, ela só tem dois,
E um macaco de criado,
Que dá seu palpite em tudo,
Mas é muito atrapalhado.

Tem uma casa escondida
Num perdido **igarapé**
Todinha feita com folhas
E o telhado, de **sapé**
Com **taquara** é feita a porta,
De bambu, a chaminé.

Lá dentro é cheio de potes,
Foices, serrotes, panelas.
Em vidros tem peixe seco,
Cobras-verdes em tigelas,
No caldeirão da cozinha,
Tem fumaças amarelas.

Estão para cozinhar
Cem bigodes de cutia,
Escamas de cascavel,
Pernas traseiras de **jia**.
É a sopa de domingo
Que ela sempre fazia.

Mas como agir na magia
Se ela tem um ajudante
Que é um macaco-prego,
Com seu guinchado irritante?
Ele só faz coisa errada,
É um desastre constante.

Um macaco feiticeiro?
Era só o que faltava!
Agitando, perturbando,
Da hora em que o sol raiava
Até depois do almoço,
Quando um cochilo tirava.

Dizem que a Matinta vira,
Quando o dia vai embora?
Uma ave **agourenta**
Que pia, que grita e chora.
Pousa na casa da gente
Até a mandarmos embora.

Mas ela só se retira
Se algo for oferecido.
Se prometem dar **tabaco**,
Que é o seu preferido,
De manhã surge uma velha
Pra buscar o prometido.

Isso mesmo, uma velhinha
Chega na porta bem cedo,
Chamando o dono da casa,
Que está lá, morto de medo.
Quem não der a oferenda,
Na certa, ganha um **bruxedo**.

Eu também pensava assim!
Que ela fosse um ser do mal,
Seja no seu corpo humano
Ou na forma de animal,
Com veneno de aranha
E peçonha sem igual.

Não me apresentei ainda
Mesmo sendo o narrador.
Meu nome é Sebastião,
Qual meu santo protetor.
Vivo na beira do rio,
E este é meu professor.

Sou criado no Pará,
Dez anos fiz terça-feira,
E veio do Amazonas
A família quase inteira.
Uns tios estão no Acre
Vivendo da **seringueira**.

Embora seja criança
Eu já vi tudo o que há,
Pois conheci Barcarena,
Almeirim e Gurupá.
Paragominas, Viseu,
Alenquer e Marabá.

Vi Conceição do Araguaia,
Santo Antônio do Tauá,
São Domingos do Capim,
Palestina do Pará...
Em todos esses lugares
Havia Matintas por lá.

Ouvimos falar da bruxa
Em Melgaço e em Ourém,
Que se vestia de preto
Nos brejos de Santarém,
Ela até foi avistada
Nas entradas de Belém.

Paro a lista por aqui,
Pois é grande este estado
E o que tenho de dizer,
Para ficar registrado,
Foi do encontro que tive
Com esse ser assombrado.

Era uma tarde de maio
Disso eu muito bem me lembro.
Ou melhor, pode ter sido
Nos inícios de setembro.
Será que era isso mesmo?
Ou foi no mês de dezembro?

Mas a data não importa
E sim o que vou contar.
Eu saí numa canoa
Com meu amigo Jumar,
Buscando um **cajá** ou mesmo
outra fruta do lugar.

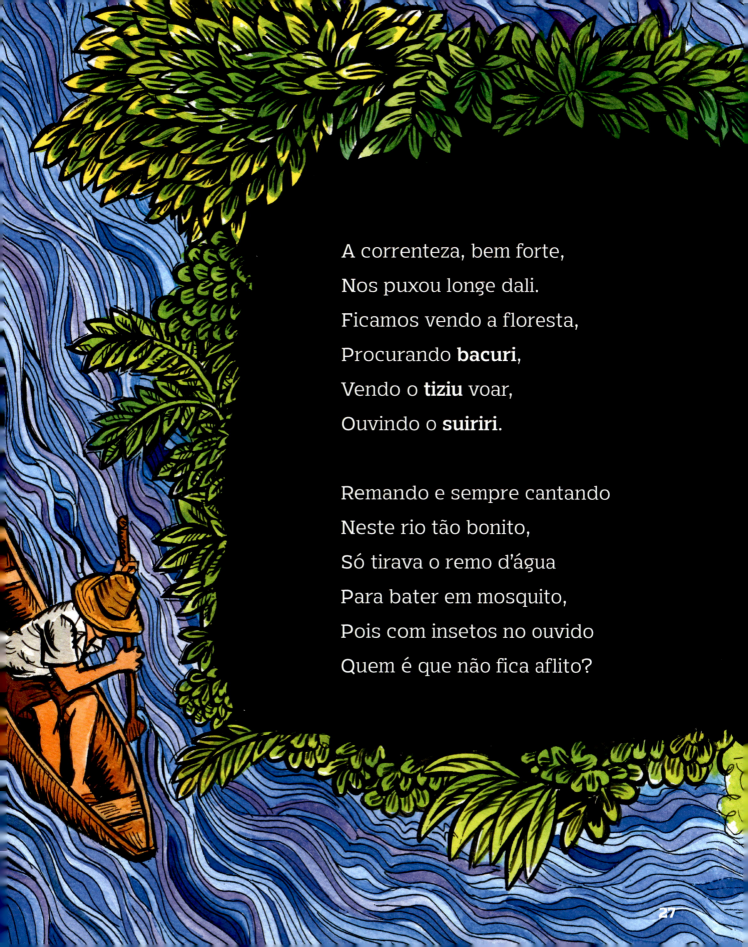

A correnteza, bem forte,
Nos puxou longe dali.
Ficamos vendo a floresta,
Procurando **bacuri**,
Vendo o **tiziu** voar,
Ouvindo o **suiriri**.

Remando e sempre cantando
Neste rio tão bonito,
Só tirava o remo d'água
Para bater em mosquito,
Pois com insetos no ouvido
Quem é que não fica aflito?

Surgiu um igarapé
Muito grande, fomos lá.
Veredas misteriosas
Se abriam pra explorar.
As margens se desdobravam,
Pra que lado avançar?

O Jumar falou: — Direita! —
Seguimos este caminho.
Dois meninos pela água
Avançando de mansinho.
Logo chega a recompensa:
Era um pé carregadinho...

De cajás e mais cajás!
Que vista maravilhosa!
Saltamos da canoinha
Pra colher fruta gostosa.
Só que tudo viraria
Uma grande **bananosa**.

Havia perto da árvore
Uma tapera escondida,
Atrás de umas **touceiras**,
Era até bem construída.
Um chão com muitas pedrinhas
E madeira retorcida.

O Jumar, que é aluado,
Foi num tronco tropeçar.
Saltei por cima daquilo
Para o amigo ajudar,
Mas a tora se mexeu
E no chão eu fui parar.

Se um tronco não se move,
O que seria isso ali?
Já se enrolava em mim,
Tentei mas não consegui
Fugir, pois a tora era
Uma enorme **sucuri**.

Essa cobra gigantesca
É a maior da floresta.
Ela se envolve na caça
E aí faz sua festa.
Engole a gente com calma
E depois mais nada resta.

E quando eu vi o tamanho
Da boca desse bichão,
Que me olhava, curioso,
Estudando a refeição,
Temendo por minha vida
Comecei uma oração.

Aí aparece um ser
Que dá um grito bem forte
E espanta essa cobrona.
Foi mesmo um golpe de sorte
Surgir neste instante alguém
Para nos salvar da morte.

Era uma velha baixinha,
Com uma cara feroz,
Carregando um porrete
Mais grosso que sua voz,
Usando vestido largo
Igualzinho ao das avós.

E disse: — O que vocês dois
Estão procurando aqui?
Isso é terra perigosa,
Pois, além da sucuri,
Tem a **Cuca** e o **Curupira**,
A **Iara** e o **Saci**.

O problema é que a noite
Não demora a chegar
E vocês são dois moleques,
Não têm como enfrentar
Os seres que aparecem
Com a vinda do luar.

Voltem já para o seu barco
E esperem lá chegar
Uma coruja bem grande.
Será fácil de avistar.
Ela vai ser o seu guia,
Remem pra onde voar.

Foi isso que aconteceu:
Mais tarde, surgiu na beira
Uma coruja enorme
Numa nuvem de poeira.
Deu um pio de assustar
E já saiu bem ligeira.

Quando a gente ia remando,
Feliz em poder voltar,
Pensei bem aqui comigo
E depois disse ao Jumar:
— Eu acho que é a velha
Que está a nos guiar.

Não é o que todos contam?
Lá nas horas de **novena**
A Matinta se transforma
Em ave grande ou pequena,
Ganhando assim duas asas
E um corpo cheio de pena.

Diziam que era má,
Mas isso não demonstrou.
Foi a Matintapereira
Que da cobra nos salvou,
E dos perigos da mata
Bem longe ela nos levou.

Ao cais chegando nós vimos
Os pais a nos esperar,
O padre com uma tocha,
Minhas tias a chorar.
Devia contar pra eles?
Alguém ia acreditar?

Ao ver a **igara** chegando
Todo mundo então gritou.
E no meio da alegria
A ave ninguém notou.
Ela, sem se despedir,
Deu meia-volta e voltou.

Eu e fumar combinamos
Que nada vamos contar.
Encontro com sucuri?
Velha que fica a voar?
Coruja guiando canoa?
Ô mentira de lascar!

Fica guardado o segredo
Com você que lê agora
Esse cordel da Amazônia
Com histórias da senhora
Que é amiga do Saci,
Vizinha do **Caipora**.

Não conte para ninguém
Esse segredo sutil,
Pois pensarão que se trata
De mais um conto infantil.
Estão cheias de Matintas
Essas matas do Brasil.

GLOSSÁRIO

AGOURENTA: que traz mau agoura, má sorte, notícia ruim.

ARRIBAR: mudar de uma região para outra; migrar.

BACURI: fruta muito popular da região Norte, tem casca dura e polpa branca, deliciosa.

BANANOSA: situação muito complicada. O adjetivo embananado é muito usado também, com o mesmo sentido de enrolado, na linguagem coloquial.

BRUXEDO: feitiço, encantamento.

CAIPORA: entidade fantástica da mitologia tupi, defensora da mata, das florestas e dos animais, é, por vezes, confundida com o Curupira.

CAJÁ: suculento fruto da cajazeira, muito apreciado em refrescos, sorvetes e picolés.

CUCA: criatura imaginária com que se amedronta as crianças; papão.

CURUPIRA: outra entidade da mitologia tupi, defensor da mata, das florestas e dos animais.

IARA: criatura feminina que habita as águas dos rios, variante da sereia.

IGARA: canoa escavada em um único tronco de árvore.

IGARAPÉ: riacho amazônico que nasce na mata á deságua em rio.

JIA: o mesmo que rã

NOVENA: rezas realizadas durante um período de nove dias para obtenção de alguma graça divina.

SACI: menino negro de uma perna só, sempre com gorro e cachimbo. Dependendo da cultura local, pode ser maligno, benfazejo ou simplesmente brincalhão.

SAPÉ ou **SAPÊ:** caules secos de plantas usados para cobrir casas.

SERINGUEIRA: conhecida também como árvore-da-borracha, de origem amazônica.

SUCURI: maior serpente do mundo, podendo alcançar 10 metros de comprimento. É também conhecida como anaconda, boiaçu (cobra-grande) e sucuruju.

SUIRIRI: ave muito conhecida no Brasil, pode viver nas matas e também nas grandes cidades.

TABACO: fumo, fumo de rolo.

TAQUARA: vara ou canudo de madeira.

TIZIU: ave pequenina e saltitante, muito comum em todo o Brasil.

TOUCEIRAS: moitas, ajuntamento de plantas.

VEREDAS: caminhos.